¡Mira allí!
¡Leones!

1

MARAVILLAS
ANIMALES 06

LOS LEONES

KATE RIGGS

CREATIVE EDUCATION | CREATIVE PAPERBACKS

4

índice

Publicado por Creative Education y Creative Paperbacks
P.O. Box 227, Mankato, Minnesota 56002
Creative Education y Creative Paperbacks
son marcas editoriales de Creative Company
www.thecreativecompany.us

Diseño de Graham Morgan
Dirección de arte de Blue Design (www.bluedes.com)
Traducción de TRAVOD, www.travod.com

Fotografías de Dreamstime (Achim Baqué, Cristiaciobanu, Isselee, Jason
Prince, Spaceheater), Frans Lanting, Stock (Frans Lanting), Freep!k
(lifeonwhite), Getty (Anton Petrus, GlobalP, Jonathan and Angela Scott,
Paul Souders), iStock (antiqueimgnet), Science Source (Mark Newman),
Shutterstock (Eric Isselee, Sally Wallis), Unsplash (MARIOLA GROBELSKA),
Wikimedia Commons (Mariordo (Mario Roberto Durán Ortiz)

Library of Congress Cataloging-in-Publication Data

Names: Riggs, Kate, author.
Title: Los leones / by Kate Riggs.
Other titles: Lions (Marvels). Spanish
Description: Mankato, Minnesota : Creative Education and Creative
    Paperbacks, [2025] | Series: Maravillas | Includes index. | Audience:
    Ages 4-7 | Audience: Grades K-1 | Summary: "An engaging introduction to
    lions, this beginning reader features eye-catching photographs, humorous
    captions, and easy-to-read facts about this African animal"-- Provided
    by publisher.
Identifiers: LCCN 2023049117 (print) | LCCN 2023049118 (ebook) | ISBN
    9798889890997 (library binding) | ISBN 9781682775226 (paperback) | ISBN
    9798889891291 (ebook)
Subjects: LCSH: Lion--Juvenile literature.
Classification: LCC QL737.C23 R539418 2013 (print) | LCC QL737.C23
    (ebook) | DDC 599.757--dc23/eng/20231128
LC record available at https://lccn.loc.gov/2023049117
LC ebook record available at https://lccn.loc.gov/2023049118

Impreso en China

Los leones son felinos grandes. Viven en zonas cálidas de África y

7

Un león tiene un pelaje amarillo o marrón. Un león **macho** tiene pelo largo en el cuello. Se le llama melena.

9

Los leones tienen colas largas.

También tienen garras como otros felinos grandes.

¿HORA DE CENAR?

11

Los leones comen carne. Muerden animales con sus dientes afilados.

NO ME COMAS, POR FAVOR.

UNA MANADA DE LEONES

14

A una cría de león se la llama cachorro. Vive con otros leones en una manada.

15

A los cachorros les gusta jugar. A todos los leones les gusta comer. Los leones duermen después de comer.

16

[Imagina un león]

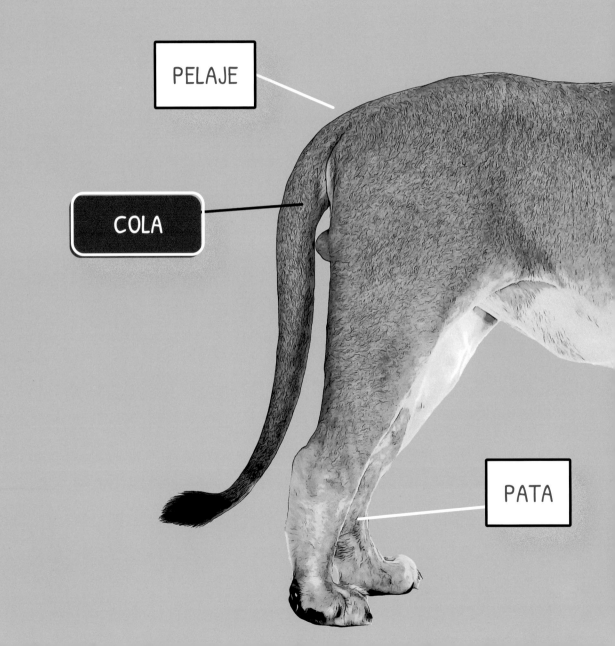

PELAJE

COLA

PATA

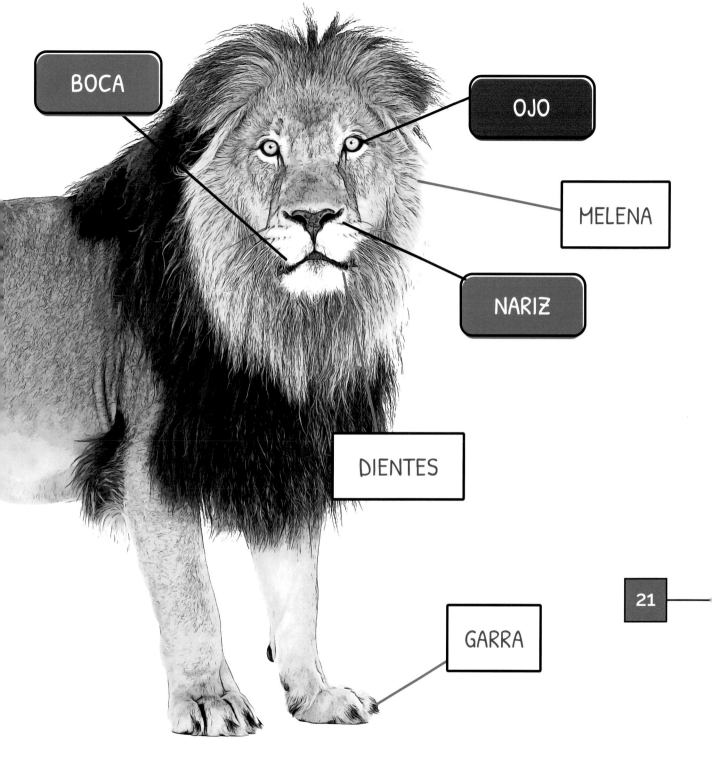

BOCA

OJO

MELENA

NARIZ

DIENTES

GARRA

21

PALABRAS QUE DEBES CONOCER

África: la segunda masa continental más grande del mundo

Asia: la masa continental más grande del mundo

macho: varón, no niña (hembra)

manada: un grupo de leones que viven juntos

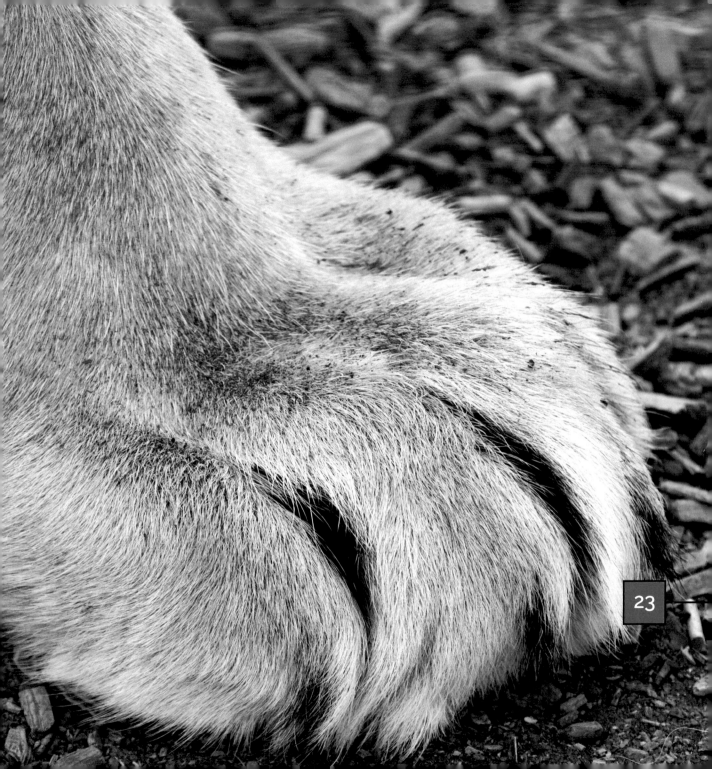

24

ÍNDICE ALFABÉTICO